DEVAGAR

DEVAGAR

Diva Gomes

Ateliê Editorial

Dados Internacionais de Catalogação na Publicação (CIP)
(Câmara Brasileira do Livro, SP, Brasil)

Gomes, Diva
Devagar / Diva Gomes – Cotia, SP: Ateliê Editorial, 2006.

ISBN 85-7480-318-9

1. Poesia brasileira I. Título.

06-2382 CDD-869.91

Índices para catálogo sistemático:

1. Poesia: Literatura brasileira 869.91

Direitos reservados à

ATELIÊ EDITORIAL
Estrada da Aldeia de Carapicuíba, 897
06709-300 – Cotia – SP
Telefax: (11) 4612-9666
www.atelie.com.br
atelie_editorial@uol.com.br
2006

Foi feito depósito legal
Printed in Brazil

sumário

OMARAZULANOITE

entrei numa rua torta
nem disse adeus
antes da pessoa dizer não

Acontecer o fato da vertigem do existir
Bolhas em meio a pedras

a alma é gêmea:
amamos alguns
outros não

(e eu não gosto tanto assim da cor lilás)

fechar o futuro, não!

quero fazer um poema universal
que diga dim-dom:
falando das pessoas astro-discos,
do sem-enredo de um som dissonante
que namora com a melodia,
de uma chuva grossa com relâmpagos intermitentes
na janela de um trovão no coração,
daquele minuto de pausa
que é fundamental para escrever,
do medo de fazer poesia sem rima
blom-blim,
e não ter petulância já
que existe a divina comédia,
tudo rimando no começo, no meio, e no fim...
começo
a escrever de novo
que quero fazer um poeminha infinito
onde Virgílio, Vinicius e Dante conversem comigo

em uma esquina de uma cidade encantadora
ou a céu aberto de uma cidade que não tem
esquina, palavra
que multiplica os caminhos...
preciso ler um texto de novo, preciso namorar com alguém,
e vendo tudo de novo,
acho que tudo me convém,
como dizer uma letra viva,
como caprichar num samba,
como dizer que amo alguém

linguagem e mal-estar

um mal-estar
quase a sensação de opressão
ante o uso violento da palavra
(mesmo que – sempre isso inevitavelmente agora –
se diga no enunciado que não há verdade, que tudo
é relativo, que mesmo não há sentido, etc., etc.)
(ou que se diga, – ai a palavra pervertida! – ao inverso
e igual, que se acredita – ou seja, onde se quer lucro –
firme e imediatamente em uma verdade qualquer)

uma dor ao sentir
que a palavra – fluxo, devir, acontecimento, o sendo,
a alegria espantosa do que ouve a si próprio falando –
é agrilhoada na rudeza da não-descoberta

enfim, ainda, da palavra o uso verdade

e aí
não há interlocutor
não há comunicação
não há interesse (entusiasmo)
pelo que o outro diz
pelo meu silêncio
pelo nosso silêncio
(menos também pela idéia)
pelo tu do mundo
por mim no pasto
por ti que é duo
por alguém pessoa

o que mais odeio no mundo
são as pessoas que lançam suas arrogâncias sobre a brisa
que se escondem por trás da língua
é o populismo, irmão do poder
do poder como submissão (passando por amigo)
do outro

o que mais odeio no mundo
é o discurso do saber como autoridade
(os três dedinhos batendo sobre a mesa num gesto convicto)

enquanto os submissos se submetem
aquele (o homem vesgo do poder)
vai trepar com as putas o seu falso prazer

A falta de sensibilidade
é também uma coisa que abomina.
Não perceber que às vezes
o pulso de aço
vem através
de gotas de sangue.

a cidade não me oferece prazeres
estou triste como um caco
a vida civilizatória
o pensamento do comum (que não é massa)
o pensamento do todo
(tudo influindo em cada coisa
cada coisa influindo no tudo)
de repente suspenso
inexistente
ausente
entre parênteses

signo

o que fica
entre a imaginação e o fato
é o gesto
(não o jeito, o estilo)
que vem do signo invertido
ou contraído ou retraído ou comprimido
ou comum
que justamente nasce do gesto

o científico o poético
essas coisas se casam
só não se casa
o que quer roubar o dinheiro do outro

É da margem, creio, que devem nascer os poetas.
Alguma insustentável leveza do ser.
Um saber aberto.
Uma dúvida constante, visceral.
Pessoas inter-amadas que não se vêem.
O andar no contínuo. O medo.
A prisão, a tortura, a morte.
O interior, o exterior.
Os enigmas da dor feita poesia, alegria.

Pôr a sua cabeça numa linha reta.
Não faça versos sobre os acontecimentos.
As suas emoções também pouco importam.
Se isso foi no passado.
Se isso é só maneira de você se esquivar do concreto:
o gesto, o dedo, o discurso, o signo de,
o acontecimento, dúvidas vívidas.
O querer o outro, ai!, como muro de escuta:
coisa de seu afeto pelo além negando,
entristecendo o novo.

o jogo publicitário do sim e do não
o jogo publicitário do sim e do não
o jogo publicitário do sim e do não
o jogo publicitário do sim e do não
o jogo publicitário do sim e do não
o jogo publicitário do sim e do não
o jogo publicitário do sim e do não
o jogo publicitário do sim e do não
o jogo publicitário do sim e do não
o jogo publicitário do sim e do não
o jogo publicitário do sim e do não
o jogo publicitário do sim e do não
o jogo publicitário do sim e do não
o jogo publicitário do sim e do não
o jogo publicitário do sim e do não
o jogo publicitário do sim e do não

Acho tal dona, porque finge algo como por
exemplo ser intelectual, cafona.
Acho tal outro, este veritablement intelectual,
frouxo, sem vida, desatento à vida, ao que
ocorre de revolucionário independentemente da
sua vontade.
E esse outro, tipo antigo, que separa
o que lê da vida que há (para a
manutenção da sua sociologia espírita).
A poesia – queiram me desculpar estes senhores
e tantos outros proibidores julgadores
adeptos do preconceito – tem uma dimensão
desinteressada, ou, melhor dizendo, libertária.

durante o dia é complicado
é caótico (não que o sonho não o seja)
mas é que se trata de um movimento
de movimentos tantos
num efeito infeliz
aleatórios (não que seja o caos)
mas um ruído
que é só o resultado
de uma cultura antropocêntrica

Pretinha

É bem bacana
É linda a baiana
Ela é bem clarinha
Olhando seus panos alvos
Lavados no quintal
De Itapo
Ã

um chinês pode me olhar enviesado
mas eu julgo também assim:
enviesado

Eu digo eu porque estou falando com você agora.

Você está me ouvindo e me diz você.

Isso intranqüiliza-me e é a resposta.

Quando Thelonious Monk toca,
a vida fica redonda
e de repente compreendemos tudo.

A mão do escritor pesa ou se põe sobre o papel
(se branco, melhor).
Este é o seu gesto (os aforas todos lá fora).
Instituo o mundo.
Reflexiono-me em um tu.
Sou pessoa (posso cantar os deuses).

manter as coisas
manter a si mesmo
manter o mesmo
requer uma mobilidade
quieta
e profunda

A estética é uma visão não superável.

Não é um superávit.

É o termômetro – belo, feliz – da necessidade.

faço agora poemas na cozinha
farelos de pão sobre a mesa
sem transcendência
afora o todo que transcende
e que é uma língua roçando no céu da boca

verão

I

no mar está você vestida
de azul brilhante
eu olho para os dois
não sei o que me espera no momento
afora estar aí na tarde
olhando dois que passam
ficando

II

o recorte da frase
o decote do vento
o vestido amarelo

vontade de escrever um poema
dizendo que não devemos fazer as coisas às pressas
que não devemos ter idéias prévias
como sempre dizendo que o acontecer é a meta
algo mais simples que todos os narizes empinados
as vozes cheias de enfins
a sub-consciência dos burgueses mal-alimentados
que não conseguem dizer sim
enfim dizendo que a morte deve ser algo glorioso

Não é assim não, uma questão de repertório, é uma questão desde sempre de princípio seletivo, de algo que você já é que está nas suas veias cósmicas. E não é preciso explicar, comprovar, justificar, a lógica, a lógica, aquela aranha velha e quatro ou oito pernas compridas que acabam evitando a dúvida do acontecimento. (Que pena não ter dito ao Macalé ao vivo que o amo!) O tempo. Mas aí, então, aquela figura bocejante do passado há que se evitar. O presente é algo vivo com mil faces transparentes sempre em sorriso. Uma escada em que você pode andar graciosamente – com graça de graça – para baixo e para cima à vontade.

Nada

Ou antes uma página

Ao abrigo

flores folhas folhagens fiorituras
remorso culpa sofrimento

Vira

o céu

quase uma sombra

tinta, estrelas

Tudo

Os homens de agenda

Os homens de agenda estão perdidos.
A arte, o fundamento, a poesia não compreendem.
São caras pálidas olhando sem sentido o não horizonte.
O tempo parado, o instante igual a si mesmo eles desconhecem.
O devagar eles não entendem.
As coisas pequenas.
O inseto cavando, a brisa da natureza,
o pé do menino batendo impaciente no chão feito adulto.
As moças que mal nos conhecem e já nos dão
um adeus com as mãos ao subir no seu ônibus.
O vento doce na palmeira, essa sabiedade brasileira.
Abaixo os homens de agenda.
Eu – o poeta vivo – os odeio.

aquela curva que rola a serra vai para lugar nenhum
o meu fazer também é completo e inútil
grande é a natureza que nos abraça a todos

Na memória da infância,
alguns brinquedos quebrados.
Preciso consertá-los.

ruínas azuis
o olho louco do menino

os namorados fazem coisas contingentes
os jovens fazem coisas amantes
os velhos fazem coisas insensatas
idem os recém-nascidos
os recém-nascidos fazem coisas maduras
as flores fazem coisas nasaladas
o nariz faz coisas afetivas
idem os baianos
os sofistas fazem coisas inteligentes
pessoas instigantes fazem pathos
patos fazem coisas tranqüilas
idem o meu amor por você

agora são dois caminhos na sala
flores apodrecendo na mesa da cozinha
minha avozinha quase só
alguém no entanto me acenando no escuro
a voz no momento ausente do meu pai
o passado feliz
o presente concreto da morte
alguém, ninguém é meu nome
flores sorrindo no escuro
líquidos virando outra coisa
mas os correios todos parados
(inda o capitalismo)
tantos papéis, burocracia, afazeres
a vida perdida quase num nada

Na hora da partida
todos dizem adeus.
Na hora da chegada
todos dizem sim, que bom!
Na hora do encontro
todos dizem ôla, como estás?
Na hora da hora
é um pega pra capá.

o dia logo
o diabo
o logos
o lago
longo
ah!
o diálogo

sensações poéticas eu as tenho todos os dias
comendo sapinhos
abrindo verdinhos
pulando miudinho

preparar-me para a rosa
percebê-la
nada dizer do seu nome

o tempo do atraso
o tempo da preguiça
o tempo da espera
é o momento da descoberta
do passado: das coisas esquecidas
do futuro: de uma nova relação
                de idéias

temos que viver
nessa fissura radical do único minuto agora
que pode dar tempo pra tudo
pela projeção infinita do nosso espírito

e quantas folhas imersas no mar de anil

In praesens

Não à quantidade
mas o sensível,
o profundo,
a superfície iridescente.

Não ao positivismo, o pragmatismo, o vale-tudo liberal:
conhecimento de fachada, vida morna, moralismo.

Não à auto-promoção:
oco da vaidade
forjando o reconhecimento do falso espírito
autorizada pelo pressuposto do passado como dado.

À tarefa mais difícil:
o pouco,
a grande alegria (liberdade)
que vem da pesquisa da dor
da vírgula,
coragem de ser no presente.

Não ao discurso que pontifica o definitivo.

Eram três homens de capuz e mantos negros. Mas andavam à luz do dia. O objetivo era tornarem-se amigos da japonesa. Mas muitos cães ladravam no pedaço. Quase não se via o que podia acontecer dali. Muitas clareiras foram acesas e todo mundo no fundo via a solução. Mas a japonesa ficou rindo a um canto, e eu de olhos fechados quase não vendo-a.

deixa brilhar

À idiotice contundente.

era tudo decorado
não tinha vida

e foi assim:
tudo imperfeito

nada
é só
instrumento:
nem o fogo
nem a língua

viver requer além
da imersão no cotidiano,
e da atitude do gato que espreita,
a projeção da utopia:
o homem é um ser avaliador

botar uma linha preta no fundo do horizonte
respirar
por uma fresta
ver fugidios caminhos
bifurcações do tempo-espaço
insuspeitadas
(possibilidades infinitas de vida)

ver uma linha branca no fundo do horizonte
múltiplo
sentir que há coisas que não há
uma bola vermelha no coração sempre querendo
dobras do tempo
espaços esquecidos que voltam a ser
falas, dizeres, palavras, gestos
o homem
(infinito em sua vida-memória)

ver uma irmã, um irmão, a amizade
na luta, um mamão papaia
na tormenta, a brisa
no interesseiro, uma evolução
(o momento bom)
(o prazer do momento bom)
(do segundo do sonho bom)

ver uma linha reta
(tudo é fundamental)

moça moderna

ela
ela malha
ela avança
ela usa avanço
ela trabalha
ela usa celular
ela funda ongs

ela se espelha em Galisteu
não em Galileu
prefere entrevista na Band
usando jacket smoking vermelho
exibindo dentes brancos
e um cabelo louro branco pintado relaxado

ela é livre-iniciada
ela compra plantas no play-center
ela mal-ama seu alguém
ela não é estressada
ela pensa em ter um filho daqui a três ou quatro anos
ela causa inveja nas outras mulheres
ela põe uma roupa bem chique-sexy com um
[tênis bem moderno (de salto branco e tudo)
ela é o máximo!
e fala enjoadinha,
em tom blaseur,
que veio da periferia

e dá uma risada (alto) que está na moda

1997

o bobo alegre
é um intelectual
um pseudo-intelectual
que ri fácil
que ri do fácil
momentaneamente
carinha alegre
piadinha medíocre
é o que ri
da mediocridade
do seu narcisismo
é o que ri do fácil
projetando a sua face na não face
do outro
é o que tem um cúmplice
falando que ele é o máximo
o pseudo-intelectual
é o ser mais abominável do mundo

é o que se vende
fácil
por um punhadinho de poder
por um dinheirinho, um cafezinho
ruim
faz piadas
vende o seu discurso
pós-moderno
pra manter
o seu status-quo
a sua gravata colorida de pseudo-arte
falando que se trata de arte
pra seus alunos atônitos
que querem
que queriam
ver a vida

Sinal fechado II

uma senhora triste
e apressada em seu carro
avança na faixa
de pedestres
ao ver alguém que quer passar
e atrapalhar a sua tristeza

dois homens sentados em uma mesa de bar
redonda
camisa social, gravata, cinto, cabelos
bem aparados
preto (um quase terno)
cada um conversando com o seu celular

ser algo que se diz ave
não acreditar em nada
afora a emoção de ser inteiro
no momento

devagar na onda
(só pra ir junto)

o brilho

brilha

embaixo do veludo

o mar sombrio o mar escuro

(sem nenhuma dor sem nenhuma chama)

Crítica

Você fica só se havendo
com idéias ou fatos:
não entra no jogo
perigoso
ousado
disseminador
semeador
de se lançar no entre-mundo,
na única maneira de ser:
nos interstícios, ser presente
(os inter-mundos de Klee).
Ou seja:
Dora adora Coralina
(e não se arrepende).

Sol

Queria ir ao mar
Vou imaginar o mar
É verde
E grande
Muita água
Cálida, tépida, fresca
E verde ao redor: montanhas
E azul forte e cristalino acima: céu
E as montanhas rodeiam e deixam
Ainda mais mar à vista
E a areia é amarela e fofa
E tem um barquinho no mar verde e azul
E alguns poucos animais inofensivos recostados
Presenciando o espetáculo
E entre eles, eu
Que entro na água verde
E é uma realização total

A ave quando chega é plena.
Não há plumas que ficam fora.
É a felicidade.
Aquela felicidade que vem de graça.

até onde cela
até onde eu
até onde tu
até onde o mal
até onde a glória vã
até onde a palavra puta
até onde o se vender
até onde o falso
(até onde a máscara)
até onde a miséria
do sistema corrupto das pessoas vendáveis
("ser famoso não é bonito")

até onde o silêncio noturno
até onde sussurros
até onde o mar

até onde flores
até onde percepções sutis (do inter-dito, do entre-abrir)
até onde talvez
até onde o rir
até onde vastos volumes suspensos
na reta
até onde o seu amor por mim
até onde a onda
até onde vestígios
até onde azul
até onde o brilho da estrela
até onde alua

Pós-Moderno: Ponto Final

Um brinde ao mundo que renascerá dessas cinzas.

Um ponto final.
Acabou o pós-moderno
Triste ideologia
dos fracos
de espírito
que se converteram a mais uma moda
em troca de moeda.

Um ponto final.
Está acabando
em masturbações visíveis
a depressão da regressão
adulta, de homens feitos
ao narcisismo primário
e secundário.

Um ponto final.
Dos loucos hipócritas
que fazem frases

e pseudo-textos
e piadinhas e desenhinhos
e caipirinhas com feijoadas reunindo trinta pessoas
todos os sábados
e que fazem enquetes vãs destruindo todos os valores
e que se passam por intelectuais
e que assinam ponto
e que respeitam normas stalinistas
sorrindo
ao gerente
ao diretor
ao sub-diretor
ao vice-diretor
ao sub-secretário
querendo assegurar seu dinheirinho
no céu da corrupção geral
do sistema que se diz pós-moderno ou neo-liberal
e que, em nome do novo deus relativismo,
aceitam urubus comendo crianças vivas
cárceres
celas
prisões

depressões
suicídios
tranqüilamente.
Com a consciência tranqüila.
Ponto final.

A frase depois da frase.
Só a sintaxe. Sem sentido. Não importa.
A citação como método autoritário.
A não reflexão. O não incitamento à reflexão.
A não pensamento. O não encadeamento. O não
[fundamento. O não encantamento.
O significante autônomo.

Ponto final.
Logo tais bonecos
terão que vestir as novas vestes
da novidade da próxima estação.

Ponto Zero

Cada vez que saía à janela deparava com aquele forte ruído. Era uma noite de setembro. Com alegria e torpor, não havendo outro adjetivo mais, descruzei os braços e pus-me a andar.

Andei bastante mas nada acontecia. Por isso um mar já idoso apareceu em meus sonhos, antes de transformar-se em um mar bonito, diferente e organizado que dava para uma piscina da mesma extensão.

Sei que foi apenas um sonho mas isso animou-me um pouco. Não me pus a novamente andar. Pensei comigo que seria melhor, antes, cochichar alguma coisa naquele grande ouvido que existia perto e ver dali se poderia resultar uma onda de conversa desejável. Foi um bibelô chinês de antiga representação que me havia sugerido, há anos, essa nova ilusão. Devo dizer, para a desejada compreensão, também um livro moderno.

O ouvido ficou atento mas na hora não consegui nada dizer. Balbuciei. Troquei palavras. Outras soaram impensadas. Mas assim mesmo aprazia-me estar no vago. Porque em meu novo sonho alguém dava-me sábios conselhos e submetia-me a uma perspicaz auto-análise.

Daí em diante toda a conversação passou a ser inimaginável. Várias figuras da autoridade sentaram-se à mesa e fui obrigada a desfigurar-me.

Ouvi de alguns dentre eles a memorável frase: "Não acredito em serpentes maiores que as descritas em livros e enciclopédias". E aprendi de imediato que há conversas que não emocionam.

Saí daquela mesa de flores e siglas e pus-me novamente a andar. Foi então que encontrei Alcimara. Segundo lembrança de meu primeiro encontro, era um homem de difícil palavra e sem destino (prefixado). Convivemos assiduamente durante quatorze meses. Não havia nesse tempo para nós, como para o autor a quem freqüentávamos, sequer uma janela que aliviasse a claustrofobia.

Por isso resolvi voltar ao ponto inicial, cruzar novamente os braços, e procurar nova saída.

Maria

Eu tenho muito ouro. Não preciso dessas bostas sujas que vocês me dão. Não tenho segredo. Sou todo mistério. Minha casa fica no pico da montanha. De lá avisto pássaro e planto flor. A água escorre solta. Ana Maria é meu nome. Meu sobrenome eu sei mas não digo.

Eu acho que Deus é um ser completamente louco. Você planta e ele dá mesmo. É incrível. Ele também pode se mostrar mal, cruel e vingativo, quando você o é. Quando vocês o são.

Por isso continuo todo dia fazendo o meu cadinho: limpo a casa, bordo, faço a caminho – a comida, o caminho –, olho as plantas.

Deus me diz do alto das alturas o caminho a seguir. As palavras às vezes se confundem em mim, e eu erro e me puno. O caminho é árduo e alegre. A alegria gera o contentamento. É esse o caminho a seguir, o que leva ao lago, o que é lago conjuminado com a montanha.

Eu moro num cubículo do fim do século vinte e me apraz ouvir Thelonious Monky. Thelonious Monky.

Afora o lago, eu acho que a maior alegria do mundo é se ver espelhado na cara sorridente, surpresa, surpreendente de alguém. É como uma régua

– quase insólida – para a gente, de repente, se medir. A história, o que você fez, o que você faz, vinda de uma carne viva.

Vou dizer também que tudo o que eu faço na vida vem de uma pulsão. No resto sou preguiçosa. Vou levando. Vou ventando. Vou plantando.

Ana Maria havia perdido e tinha saudade do pai.

Comecei então a pensar o que fazer com o morto, todas essas categorias da nossa razão que não podem entender o desconhecido. Enterrar, jogar na água, no mato, queimar. Mas como se sente ele o morto? Tão vivo nos funerais preparados por nós.

Às vezes a vida se estreita num buraco. Eu não te falas. Você está longe. Alguém acena de longe. Ele é mau. Tu já eras. Vazia a esquina que vira nostalgia.

Então quando você não vem eu acho bom.
Não devemos jogar a vida pros piolhos.
Transar a terra.

Também acho que o homem pode virar uma pessoa chata – um papai sabe-tudo ou alguém que dá tanto rodeio retórico, mostrando o quão culto e sagaz que é, que a própria idéia se dissolve num bocejo.

Ah! a voz, o espírito.

A fantasia que os outros fazem da gente (a nosso respeito) é insatisfatória. Gostamos que nos sonhem(os) a mais.

Separada do meu livro. Flor (que dorme) e pedra (morta) à janela me dizem sim e não. A espera. O convite. A frase: a impossibilidade da frase. Restar no erro do fragmento. Hoje vi um caiçara índio em Ubatuba. A pedra que rola e adquire movimento. Os amigos. A amizade. Você chegou lindamente com tudo em cima e eu não estava lhe esperando hoje. Desmandos do tempo, das intenções, das compreensões. Passarinho verde, roda e borboleta azuis, galinha histérica voando com medo. Deixar de dizer, deixar de falar, os ocos da história.

Tenho medo. Quando rezo vem o mal, peço contra o mal, o demo, o careca, o mão peluda, o não sei quem, o ele, o solto eu.

Na igreja tem uma velha que fica lá, é o seu trabalho.

Pois é. Sou brasileira, apesar de nunca ter me identificado com estado algum. Antes sempre por queimar a boca no tesão de comer um bolo recém-saído do forno. Antes sempre uma sensação metafísica do universo. Antes sempre uma aversão às formalidades protocolares frases explicações certinhas completamente bem vestidas para a ocasião não cometendo um deslize sequer, a porra toda para fora.

Antes sempre.

E tem também aquela coisa maior de cuidar dos amigos até o fim do início do fim do início no meio de tudo nunca sabendo loucamente ao certo o que está se fazendo sim o que está se fazendo nunca completamente o sentido.

Pra mim ser eu são precisas muitas coisas. Até espelho. Às vezes o momento do seu amigo é outro. É preciso compreender. Não entrar em angústias paralelas. E seria bom que quando alguém viesse perguntar se você está bem, não restasse sombra. A linha reta e redonda do tempo. Só a ironia brincalhona. É sobretudo bom o humor.

Agora que eu já entrei dentro do corpo diurno não tenho mais medo.

Saber que a morte ronda triste e sombria pelo além. Tejo. E que mais que isso ela é uma tempestade ambulante, um certo gozo universal.

Sou católica. Portanto enfrento o mal, os santos, as superstições de vela e de astral, o espiritismo, o budismo, o altar, o respeito, o édipo, a hierarquia, e a babaquice.

Sinto a presença viva daqueles que nós dizemos mortos para efeito de linguagem.

As conversas inter-lunares telefônicas devem ser computáveis. Os extravios. O discar errado. Cair na casa do seu Zé, de alguém desconhecido, de um outro homem, de uma outra mulher, uma voz, uma criança, um acaso, um acontecimento fortuito que é abençoado por Deus. Papagaio não atente ao telefone.

O de que mais gosto mesmo é do mágico. As simetrias casuais do cotidiano, a fala grande que vem gratuita, a sensação de abandono de alguns lugares – de uma rua, de um pátio, de uma sala, de um quintal – (a chuva branca e grossa pode completar essa sensação de começo ou de fim ou talvez de sem mundo), o prazer emocionado e elevado e mudo de uma linha verbal ou de um espaço construído vazio, um posto de gasolina vazio em uma esquina quase deserta, a luz do entardecer entrando no abajur aceso. Sonhar. Sentir-se fora do espaço e do tempo, das agruras, das adversidades do tempo, nostalgia, obrigação, preocupação, ansiedade, ódio, raiva, sofrimento, dor: o real que é um fantasma que me afronta e ultrapassa. Antes de ser, é muita coisa (para mim); durante, e depois, sobra e falta (minhas).

Ana Maria deve orar a Deus ou aos deuses, escrever, dançar, manter o fogo vivo das naturezas.

A comunicação, a generalidade da comunicação, grosseira e estereotipada, não satisfaz.

Eu ando achando que uma grande questão, um problema, o mal, é a impaciência que nos impede de ver conversar ouvir ver o outro.

Tudo no despojado.

Eu também gosto das coisas meio erradinhas. Por exemplo, um autor (música) com dois intérpretes. Vários compositores.

Não tenho dó dos escravos, dos empregados, dos que se dizem doentes, dos que criam carências em outro para submeter, para esmolá-lo.

Então, eu, Ana Maria dos Santos, que nasci nos morros de Ouro Preto ou no Leblon, sou uma batalhadora no sentido quixotesco da palavra. Ou seja, sinto-me como tal. Ir às ruas, aos códigos, e digo tudo do zero: não entendo isso. O que é isso? Os hospitais? Dentro dos hospitais, a U.T.I.? O que é isso? Pergunto sempre em todos os instantes em todos os instantes o que é isso.

E às vezes respondo na música. Na música há sons que dizem a minha mensagem de sim: por exemplo, João Donato e Burt Bacharat. Sou latino-americana. Sub-desenvolvida, complexada, etc. Acredito no espírito. Ou seja, numa cara preta sem dente falando coisas belas.

Sou uma habitante, não dos confins do mundo, mas instalada num 10º andar de um apartamento de Higienópolis. Daí avisto cães, burgueses, gente, mal-educados, nunca vi bandidos, vejo policiais amenos que não mostram que são proletários na farda. Carolina é meu nome. Pagu é meu nome verdadeiro. A modernista que acredita que Deus existe e que é absolutamente crítica a respeito de sua vaidade. E, por incrível que pareça, as pessoas são o que importa.

O que me deixa alegre é o riso solto, o corpo solto, o povo na rua. O que me deixa alegre é o carnaval contínuo da existência.

Ana Maria Dolores. É esse meu lindo nome. Ou melhor, Dolores das Dores. Ou pior, Ana Maria Amores.

Ana Maria fecha a página e encerra.

Daqui de longe, do largo amanhecer da minha colina num permutar constante hoje abstratamente divisei que a vida flore.

Ana maria silvestre das flores, esse meu nome, meu sobrenome, porque nome não tenho.

São tantas as dores, são tantos os amores que nem sei mais.

Vou por enquanto virar vírgula de um livro, sair da página, ir passear, viver muitos amores

e esquecer os vãos.

Fiz tudo certo.
Só uma coisa errado:
Eu.

Fiz tudo certo.
Só uma coisa errada:
Eu.

Diva Gomes nasceu em São Paulo. Graduou-se em Filosofia e tornou-se Mestre pela Universidade de São Paulo com a tese *A Questão da Subjetividade na Obra de Borges*, orientada por Marilena Chauí. Professora universitária, atua nas áreas de Língua Portuguesa, Literatura e Redação. Também de sua autoria: *Brinquedos* (Massao Ohno Editor, 1986) e *Seqüência Inverso* (Ateliê Editorial, 1998).

Título	*Devagar*
Autora	Diva Gomes
Capa	Rogério Pereira e Felipe Leone
Editoração eletrônica	Tomás Martins
Número de páginas	96
Papel	Pólen Bold 90 g/m²
Impressão e acabamento	Ferrari Editora e Artes Gráficas

Este livro foi impresso a partir de
fotolitos fornecidos pelo cliente,
pela Ferrari Editora e Artes Gráficas
em Maio de 2006